AF599504

# Majorité

**Alex Ognard**

# Majorité

***Roman***

ISBN : 979-10-422-0919-3

*À ma mère,*
*à mon père,*
*à mes sœurs,*
*à tous mes amis,*
*à mon amour,*
*à la vie.*

# Préface

J'ai souvent envie de mourir, de tout lâcher, d'abandonner, de hurler, de crever.

Considérez l'année 2018 pour moi, comme le point de départ d'une existence mutilée et déprimée. L'année pour moi, de la majorité. Ce moment où nous sommes propulsés dans la fosse aux démons qu'est notre société.

Comment est-il concevable d'imaginer être à la fois l'avenir de notre pays, mais aussi les victimes en première ligne d'un système tant controversé et remis en question ?

À mes yeux, la majorité est une épopée qui va bien au-delà de notre responsabilité et de nos aptitudes civiles et civiques, j'ai pu en faire les frais. Comme beaucoup de jeunes de notre génération, je suis un rescapé de la majorité. Corps mutilé par la férocité de la vie, cœur brûlé par le chagrin et la passion, encéphale épuisé par la complexité du monde.

À présent, l'heure est à la confidence et il sera nécessaire de mettre à nu ce système et ses travers. Il est temps pour nous d'évoluer, de grandir, d'apprendre sans être obligé de penser à ce qui nous attend demain. Nous ne sommes pas épargnés et nous ne le serons jamais, mais il est maintenant possible de nous venir en aide et de nous offrir l'opportunité de construire un avenir solide pour les générations à venir.

En illustrant mes propos grâce au récit de ma vie, j'ai comme but principal d'élargir le regard de l'être humain sur la jeunesse et ce qu'elle implique. Il est simplement nécessaire de s'accorder le droit d'évoluer convenablement vers un avenir qui, je l'espère encore, sera radieux.

De la sexualité à la drogue, en passant par l'identité et la violence, j'aborderai chaque thème à travers mon histoire. Il est l'heure pour moi et peut-être pour vous, de nous dévoiler et prouver que nous avons (encore) une voix à faire entendre.

# Chapitre I
# Identité

Fille ou garçon ? Une question particulière qui m'a été posée dès mon plus jeune âge par mes camarades de classe. Les enfants ne se rendent pas compte de l'impact que peuvent avoir ce genre de réflexion et de méprise. Je ne pourrai jamais condamner un enfant pour avoir été curieux de savoir qui je suis ou d'avoir montré un certain mépris pour moi ou pour toute autre personne queer. Je condamne en revanche l'éducation que la majorité des parents inculquent encore à leur descendance. Il est clair que nous devons revoir nos moyens d'éducation et élargir le regard de nos enfants dès leur plus jeune âge.

Je n'ai pas eu la chance de pouvoir être épaulé lors de ma quête d'identité, ce long processus qui est censé aboutir à la meilleure version de nous-mêmes. Je me souviens encore de mon quotidien à l'école, au collège ou même au lycée. Cette constante pression qui nous impose une marche à suivre dans la quête de notre masculinité, ce moment dans les vestiaires où tous me regardaient comme si j'allais leur sauter dessus, persuadés de tout savoir sur ma sexualité alors qu'en réalité, j'étais moi-même perdu face à cette immensité de possibles. Quel bordel je vous jure, de toujours devoir se justifier sur n'importe quel aspect de votre personnalité ou de votre tenue vestimentaire, de devoir prouver votre virilité et votre hétérosexualité, tout en sachant que, le soir, sous la couette, vous aurez les yeux rivés sur une vidéo dans laquelle deux hommes partagent leur corps. Révoltant, d'être insulté de pédale parce que je ne veux pas lancer de bout de gomme sur le tableau. Exaspérant, d'être jugé dans les couloirs parce que je ne m'habille pas comme tous les autres garçons. J'aurais voulu être reconnu au collège, avoir une voix afin d'ouvrir le dialogue sur la question de l'identité et du genre. Malheureusement, je n'ai pas eu cette chance. J'étais destiné à passer quatre années dans le silence, à subir chaque jour les regards et les interrogations de tous.

Il n'est pas simple d'évoluer dans un environnement comme celui-ci. De devoir cacher notre orientation sexuelle ou notre identité à notre entourage par peur de ce qu'on pourrait nous dire. Devoir, à cet âge, jouer le rôle qui nous a été imposé et porter un costume trop étroit pour nous permettre de nous exprimer ou simplement inadéquat aux personnes que nous sommes.

Même si aujourd'hui, je me tiens droite face à l'homophobie que je subis encore quotidiennement, je ne peux nier que j'aurais aimé éviter les crachats sur mes vêtements et mes cheveux. J'aurais aimé éviter de me cacher dans des poubelles pour échapper à la violence de trois hommes. J'aurais aimé ne pas voir ces quatre individus sortir de leur voiture pour me forcer à monter à bord en pleine journée. J'aimerais ne plus sentir ces regards interrogés quand je passe les portes du métro, n'importe quelle porte finalement. J'aimerais me sentir en sécurité quand je marche seul dans la rue le soir, vêtue de ma plus belle tenue de soirée. Je voudrais que tout ça prenne fin et que la violence cesse.

Exister comme n'importe qui sans avoir à porter le masque de l'homme viril, cisgenre et hétérosexuel ne devrait pas être optionnel. Il nous suffit à nous tous de normaliser la diversité identitaire de notre société et faire en sorte que les plus jeunes ne soient pas conditionnés pour seulement 2 modèles bien distincts.

Peut-être serait-il temps (et plus simple) d'aborder des sujets importants, comme celui de l'identité et de la sexualité, plus sérieusement dès l'arrivée des enfants au collège par exemple. Leur faire comprendre que si n'importe quelle question leur traverse l'esprit, ils peuvent être écoutés, entendus, soutenus et accompagnés. Je n'ai pas eu la chance d'évoluer dans un établissement qui avait ce genre de projet pédagogique. Si je me souviens bien, nous n'avons eu que deux interventions durant les quatre années que j'ai passé au collège. Mais je souhaite de tout cœur que mes enfants soient bien mieux informés et soutenus sur ce genre de questionnement. Vous l'aurez compris, mon identité est restée particulièrement floue pendant plusieurs années, mais grâce à ma soif de découverte, grâce à de multiples rencontres et à mon entourage, j'ai pu développer et faire naître la personne que je suis aujourd'hui.

Nous cherchons tous à nous comprendre, à nous appréhender, à communiquer avec nous-mêmes, mais il est encore difficile pour beaucoup de s'identifier. Personnellement, je pense en avoir terminé avec tout ça. À présent je n'ai plus de doute.

Je suis Alex Ognard, homosexuel et non-binaire.

### *Mais qu'est-ce ?!*

La non-binarité se définit par une personne s'identifiant aux deux genres, masculin et féminin ou ne voulant pas être genrée, tout simplement. Certains pourront toujours dire que le monde va trop loin, que la terre est plate, que les queers sont malades et j'en passe… mais je pense avant tout qu'il est important d'apporter bien plus de possibilités aux individus, leur permettre d'être totalement eux même et en accord avec qui ils deviendront. N'oublions pas que huit milliards d'âmes vivent à nos côtés, nous ne pourrons jamais imposer deux seuls genres, deux seuls et mêmes chemins à suivre, deux modèles vieux et poussiéreux qui ne permettent plus rien. Deux barrières en solide métal, que nous avons continué de souder au fil des siècles. Soufflons sur cette catégorisation et balayons les codes définis par nos ancêtres, le monde nous appartient et il a grand besoin de changement.

# Chapitre II
# Sexualité

C'est la fatalité (ou non) qui a fait de ma vie et de ma santé un véritable enfer sur terre. En l'espace de deux années parmi les dizaines que comporte mon existence, j'ai vu le royaume que je me suis efforcé de construire s'effondrer mois après mois. Tout allait pourtant très bien. Alex était heureux, heureux de vivre et de sourire. Il aimait voyager, rencontrer et profiter de l'immensité de possibilités qui s'offraient à lui.

Mais aujourd'hui, de vilains démons viennent ronger cette petite île de bonheur sur laquelle je pouvais me reposer de temps à autre. Encore une fois, la majorité ne m'a pas épargné. J'ai eu la lourde tâche, comme beaucoup d'autres, de devoir grandir et apprendre rapidement pour éviter les mauvais travers. Le destin en a malheureusement décidé autrement.

Remontons à 2018, les premières clopes, les premiers joints, les soirées et une sexualité débridée.

Étant sûr de mon attirance envers la gent masculine, j'avais maintenant l'intense désir de pratiquer et d'en découvrir plus sur ma sexualité et mon corps.

Alors je rencontre des hommes, souvent plus âgés, certains ne savent même pas que je suis mineur à l'époque. Pourquoi des hommes mûrs ? vous me demanderez. Je pense que j'avais peur d'un potentiel jugement de la part des hommes de mon âge, alors je préférais rencontrer des personnes qui n'avaient aucun lien avec qui que ce soit dans mon entourage.

Ces hommes de quarante, cinquante ans, heureux d'avoir réussi à ramener un petit jeune chez eux, me regardent dans les yeux tout en déclarant aimer ma peau lisse de nouveau née, étranglent ma gorge déjà nouée par la peur de voir ce moment se transformer en éternel cauchemar, se glissant au-dessus de moi, prenant leur pied en pensant que moi aussi je kiffe, que j'aime ce genre de pratique. Ils n'hésitent pas à passer à l'acte sans se soucier de ma douleur ou de ma volonté. Je suis jeune, innocente et en quête de réponse, je ne connais rien à la sexualité masculine alors je me dis que c'est comme ça, que quiconque se présentera à moi avec la ferme intention de goûter mon corps, le ferait, de la même manière que tous les autres. Alors je continue de rencontrer, de « pratiquer » en espérant un jour tomber sur le fameux prince charmant qui m'apportera réellement quelque chose, sans succès.

Durant des années, je n'ai eu la chance de connaître que des nuits sans lendemain ou des soirées sans suite (si vous voyez ce que je veux dire).

Étant fraîchement débarqué dans la grande ville du nord de la France, les opportunités ne manquent pas. Alors, à chaque notification, chaque scroll, à tous ces « tu cherches ? », je me suis empressé de répondre afin d'assouvir ma soif d'expérience tout en m'enfonçant un peu plus à chaque fois dans des situations toutes plus dangereuses les unes que les autres. Il m'était impossible d'arrêter, comme s'il était nécessaire à mes yeux de prouver quelque chose. Mais quoi ? Et à qui ? Eh oui, l'app au masque orange ne nous apportera pas de prince, je suis désolé de briser vos rêves.

Au fil de mes rencontres, j'ai été convié à ce que nous appelons communément des partouzes, soirées organisées par des hommes, entre hommes afin de nourrir nos désirs sexuels à plusieurs. Le tout non pas accompagné de bière ou de champagne, mais de GHB et de drogue dure en tout genre.

Il est vrai que cela peut paraître un tant soit peu extrême, mais même si à ce jour je condamne d'une certaine manière cette pratique, je ne pourrai jamais totalement la remettre en question puisque j'ai pu y baigner un bon nombre de fois sans prendre conscience de ce qu'engage ce genre de soirée, mais tout en rencontrant d'exceptionnels individus. Ces fameux rendez-vous, de nuit, de préférence, mènent souvent à une certaine pratique sexuelle intensive et souvent sans protection. Alors certains vous diront qu'ils sont totalement clean ou sous traitement préventif.

J'ai fait l'énorme bêtise de tous les croire et de moi-même mentir sur une potentielle prise de traitement contre les IST et MST. Malheureusement pour moi, cette succession de rencontres et de plaisirs charnels a eu raison de moi.

Je suis aujourd'hui atteinte du VIH. Disons que je suis séropositive depuis maintenant quelques mois. Cette annonce fut pour moi un véritable chamboulement au cours d'une période qui a été déjà, à elle seule, un chaos sans précédent. Ce jour-là, les larmes n'ont cessé de couler sur mon visage comme sur celui de mes proches. Cependant, j'ai eu la chance d'être aimé par quelqu'un qui, à travers ses yeux, ne voit pas le malade du VIH, mais bien l'individu créatif et extraverti que je suis en réalité.

Êtes-vous au courant qu'il y a encore 65 % de la population qui serait gênée d'avoir un rendez-vous avec une personne séropositive ? Alors, comprenez que se sentir aimer dans ce genre de situation peut vous aider à facilement garder la tête haute et faire le nécessaire afin de remédier à ce fléau qu'est le VIH.

Je le vis aujourd'hui très bien, je ne saurai probablement jamais qui aurait pu me transmettre ce virus, mais je ne pourrai jamais en vouloir à quiconque, car je ne me suis moi-même pas assez préservé dans ma sexualité, je le reconnais.

Je n'ai jamais eu la chance d'avoir le cours parental dont tout le monde parle ni même de simple cours d'éducation sexuelle au collège ou au lycée. Une seule intervention m'a marqué à l'époque même si le fait de m'expliquer l'utilité d'un préservatif tout en le glissant sur une banane qui n'a jamais demandé à devenir un phallus le temps d'un cours d'anatomie me semble relativement faible en termes de connaissance.

Aujourd'hui, je me dis qu'il aurait peut-être mieux fallu me rendre dans un centre spécialisé afin de pouvoir en discuter, mais sont-ils eux aussi assez renseignés sur les sujets si complexes que représentent l'homosexualité et la sexualité de manière générale ? Sont-ils assez formés ou sont-ils simplement là pour expliquer et mettre en lumière des banalités, si banales que nous les connaissons déjà. À ne pas s'y méprendre, je ne crache pas sur notre système qui va déjà bien au-delà de ce que peuvent proposer d'autres pays, mais nous ne pouvons nier qu'encore trop de jeunes se perdent dans un océan identitaire et sexuel.

Enchanté, je m'appelle Alex, queer, homosexuel, séropositif et non binaire.

Et vous ?

## Chapitre III
## Prostitution

Année 2020 : Le voilà, le voilà le moment où la bourse du Crous d'une valeur de 100 euros ne peut satisfaire les désirs d'un jeune homme de 20 ans. Cette fameuse ligne à franchir qui tend les bras à beaucoup d'étudiants. J'avais pourtant la chance d'avoir des parents qui pouvaient se permettre de payer mon loyer, mais que faire avec 100 euros par mois et des recherches d'emploi étudiant qui n'aboutissent pas ? Qu'auriez-vous fait ?

J'avais déjà fait mon choix.

J'ai franchi le pas et j'ai décidé de m'inscrire sur un site d'escorting afin de rencontrer des hommes en échange de quelques billets. Mon tarif était de 120 euros pour 1 h. je gagnais plutôt bien, mais cela restait occasionnel. Les rendez-vous se planifiaient le plus souvent dans des garages, car madame était à l'étage, dans des hôtels en zones industrielles pour éviter tout visage familier ou dans mon propre appartement. Je me sentais en sécurité chez moi, sûrement car je connaissais les lieux, je connaissais chaque recoin, toutes l'organisation de la cuisine au cas où… En revanche, quand j'avais rendez-vous dans un lieu extérieur, la peur et l'adrénaline se mettaient à couler dans mes veines. Je ne savais jamais vraiment qui allait se trouver face à moi. Est-ce que je rentrerai chez moi ce soir ? Toujours la même question, à chaque fois.

Arrivé sur les lieux, il y a souvent deux cas qui s'imposent à moi, les hommes doux et un minimum cultivés pour engager une discussion afin de rendre les choses un peu moins particulières ou les animaux qui ne cherchent qu'à se défouler sur le jeune homme imberbe que je suis, car ils ne seront jamais assez satisfaits au domicile familial.

Je voyais les alliances défiler et je me demandais tout le temps, ce qui les avait menés à ce destin si tragique, ce qui les avait menés à moi. Qu'est-ce qui avait pu leur imposer cette vie de secrets, cette vie familiale bancale basée sur des mensonges et l'adultère ? Je me demandais s'ils étaient heureux, s'ils vivaient paisiblement ou si leur seul et unique moment de bonheur m'appartenait dans son entièreté, car ils pouvaient assouvir leurs désirs cachés de tous ceux qu'ils connaissaient. Peut-être même que certains aimaient cette situation, ce stress qu'impose ce genre de rythme de vie, serait-ce stimulant ?

Me mettre à nu devant ces hommes et m'offrir à eux dans la simple optique d'avoir de l'argent en retour a été assez difficile je dois dire. Non pas parce que je trouve les métiers du sexe rebutant ou douteux, mais je n'avais tout simplement pas envie de franchir le cap décisif de choisir de vendre mon corps pour me permettre de survivre à la vie étudiante.

À chacun des rendez-vous que je passais en la compagnie de ces hommes, je revenais en 2018, j'étais à nouveau ce jeune homme frêle et innocent face à un homme que je ne connaissais pas. Cambré, les poignets serrés par ses grandes mains, le visage plaqué contre les draps. Le temps s'arrête, mon regard se fixe sur ce qui deviendra mon échappatoire le temps de cet instant que je souhaiterai immédiatement effacer de ma mémoire. Certains étaient rapides, d'autres savaient faire durer leur plaisir sans pour autant se soucier de faire durer ma souffrance.

Rendez-vous compte qu'un étudiant est obligé de se prostituer pour vivre décemment ?

Ne pensez-vous pas qu'il est grand temps de tirer un trait sur ce système défectueux depuis des années ? La qualité de vie des étudiants baisse d'année en année et ceux qui ont pourtant la possibilité de nous aider n'ont même plus conscience que nous existons. Nous sommes usés, démoralisés, fatigués avant même d'entrer dans l'arène du monde du travail. Croyez-moi, je ne suis pas le pire modèle des situations précaires. La détresse étudiante est totalement oubliée en laissant des milliers de jeunes au milieu d'un brouillard tellement épais qu'ils deviennent même incertains du lendemain.

Je n'ai pas honte de ce que j'ai pu faire. Pourquoi avoir honte quand on a simplement fait en sorte de pouvoir vivre convenablement ? J'ai pu en souffrir, c'est vrai, mais jamais je n'aurai honte de m'être prostitué.

La honte, elle sera toujours sur le visage des grands de notre société qui nous laissent périr dans la vie et la détresse étudiante. Nous avons le droit à une vie décente comme n'importe quel individu. Pouvoir faire assez de courses afin de manger trois repas par jour. Avoir le droit à une vie sociale et culturelle sans devoir se ruiner ou s'interdire de manger. Ce sont pourtant des actions et des moments décisifs dans le développement d'un être humain, Vous nous les enlevez si tôt.

## Chapitre IV
## Violence

L'année 2021 fut elle aussi une preuve que la vie a parfois la fâcheuse tendance à s'acharner sur nous sans aucune raison. Nous sortions du confinement, j'avais passé le mois avec mes amis en attendant l'appel qui m'amènerait à partir travailler au soleil pendant 6 mois.

Mai 2021, je décolle pour l'Espagne.

J'avais décidé d'allier le travail et les joies du voyage en partant travailler dans un hôtel en Andalousie. Quoi de mieux que le soleil andalou et des vacanciers souriant pour passer six mois de rêves en bord de mer. Tout était parfait, j'avais des collègues qui, eux aussi, avaient le sourire et la joie de vivre qui caractérisent si bien notre équipe. Les journées étaient certes dures et longues, mais il nous restait parfois assez d'énergie pour sortir et nous amuser à notre tour.

Les mois ont passé à une vitesse phénoménale et les couleurs de l'automne commencent à teindre le paysage tropical de la Costa del Sol. J'ai pu rencontrer quelques hommes durant les cinq derniers mois, mais rien de sérieux, bien évidemment. Vous savez, être animateur revient également à être un fantasme pour beaucoup, alors coucher avec un vacancier fidélise la clientèle. Pourtant, il était impossible pour moi de ne pas rencontrer un Espagnol et de découvrir la manière dont ils aimaient organiser un rendez-vous. Découvrir si les choses étaient différentes ici. Alors j'ai cherché à passer ma soirée de congé avec un jeune homme d'une trentaine d'années, rencontré sur l'application au masque orange dans l'optique de discuter autour d'un verre, et plus si affinité. Nous étions le samedi 6 octobre 2021 et le verre s'est transformé en enfer.

J'ai malheureusement fait la regrettable erreur de laisser mon verre avec cet individu le temps de quelques minutes, pensant être en sécurité.

Lui dire de m'attendre à table pendant que j'allais me rafraîchir restera l'un de mes rares souvenirs de cette nuit. Des instants reviennent par moment, je vois le ciel étoilé, la nuit était calme. Les grains de sable glissaient sur ma peau et le bruit des vagues orchestrait au loin une mélodie qui était certainement la seule chose qui arrivait à me détendre dans cette impuissance plus que troublante. Je ne me souviens pas de sa peau, de son odeur, mais sa respiration était forte, proche de mon oreille. Je me dirai toujours que cet homme était comme un ange noir, une silhouette inconnue du monde qui cherche à répandre le mal dans le cœur des âmes troublées. Malgré ces quelques souvenirs qui me reviennent aujourd'hui, à l'époque j'ouvrais les yeux dans une chambre d'hôpital.

Le soleil était doux et ses rayons traversaient les stores qui étaient entre ouverts devant la fenêtre. J'ouvrais les yeux lentement en prenant possession de mon corps à nouveau comme si celui-ci s'était retiré quelques heures. Un mal de tête insupportable m'assomme et l'incompréhension de me réveiller dans cet endroit m'envahit. Que s'est-il passé ? Pourquoi je ne suis pas au travail ?

J'ai été retrouvé au petit matin, comme mort, déposé dans un fossé comme une vulgaire épave. Corps découvert par un couple d'Anglais qui a eu la bonté et l'intelligence de comprendre ce qu'il se passait. Je me demanderai toujours combien d'individus sont passés devant moi sans même prendre la peine de s'interroger sur les battements de mon cœur. Celles et ceux qui continuent leur promenade matinale en se disant simplement que je n'étais qu'une énième épave en lendemain de soirée, j'aurais peut-être préféré.

Après de nombreux tests et prises de sang, le résultat était sans appel, j'avais bien été drogué au GHB, à la Kétamine et à la MDMA. Vous vous demandez sûrement pourquoi autant de drogues différentes pour un seul être vivant, moi aussi… Sûrement pour s'assurer d'une parfaite docilité, mais où trouver le plaisir charnel dans un acte sexuel non consenti ? Avec un individu totalement impuissant au point de ne plus savoir parler ou appeler à l'aide.

Après avoir repris mes esprits et avoir pris conscience de ce qui venait de m'arriver, la seule solution que j'avais de le retrouver était de récupérer son profil, nos discussions ou même une photo. Je m'empresse alors de saisir mon téléphone afin de récupérer tout ce qui pouvait être utile.

Résultat de mes recherches : Messages effacés, galerie photo vide, plus aucune trace de lui, même la corbeille de ma galerie était vidée. Je ne me souviendrai sûrement jamais de qui il était, mais je suppose que ce monstre n'en était pas à son coup d'essai pour penser à autant de choses, il a réussi à tout simplement disparaître sans laisser aucune possibilité de le retrouver.

Cet acte de cruauté malsaine n'a malheureusement pas eu un seul et unique impact sur ma vie. J'ai d'abord dû quitter mon équipe et rentrer chez moi afin de me reconstruire psychologiquement. J'ai dû dire au revoir à une vie qui me plaisait, un pays qui me passionnait et une culture sans limite pour rentrer prématurément chez moi tout en me demandant comment j'allais justifier un retour aussi hâtif à ma famille.

Me savoir victime de cet acte me glaçait le sang et restera un cauchemar bien réel dans ma tête tout au long de ma vie. Tant de questions sur cette nuit resteront pour toujours sans réponse.

J'ai pris la décision d'en parler à ma famille quelques semaines plus tard, lors d'un week-end que je passais à Paris. Je n'ai malheureusement pas eu le soutien que j'attendais de leur part même si j'ai conscience que d'apprendre que son enfant a été abusé n'est pas chose facile. Comme à mon habitude, j'ai décidé de garder la tête haute et d'avancer dans mes projets. Éviter de penser à ce qui venait de se passer et tout faire pour retrouver le sourire.

Après quelque temps de recherches, j'ai enfin trouvé un nouvel objectif. Repartir travailler pendant la saison d'hiver et cette fois-ci, dans les montagnes. Me couper du monde et simplement profiter de paysages enneigés et inégalables que regorgent les Alpes. Une expérience unique qui m'a été possible grâce à un homme au grand cœur, un homme qui m'a confié la lourde tâche de participer à l'ouverture d'un établissement touristique sans aucune expérience, mais qui m'a apporté connaissance, sens du partage et valeur du travail. Cet individu se reconnaîtra et je tiens simplement à le remercier pour ce qu'il a fait pour moi.

J'aurai une morale à ce chapitre, tu peux empoigner la main de n'importe quel individu, seul le destin te dira si cette personne te permettra de grimper ou te fera tout simplement dégringoler. Ne doutez pas de chaque personne vous tendant la main, elles sont parfois celles qui vous tirent vers le haut et qui vous prouverons que faire confiance peut-être bénéfique pour l'un comme pour l'autre.

Six mois se sont écoulés sous les flocons écarlates de la chaîne montagneuse. Il était temps pour moi de tirer ma révérence et de rentrer dans le foyer familial, quittant un emploi que j'aimais et les paysages époustouflants des Alpes. Je n'ai malheureusement pas pour vous d'anecdotes croustillantes à vous raconter sur cette période de ma vie. De simples bons souvenirs et de belles rencontres, un air pur à respirer, des dizaines de centimètres de neige pendant 6 mois. Je partais avec de l'argent dans les poches et des voyages de prévus, tout allait bien, j'étais heureux, sans m'attendre au sombre et tragique avenir qui allait nous frapper, ma famille et moi.

# Chapitre V
# Adieu

Après être rentré des Alpes, j'ai décidé de prendre quelques jours de vacances avec des amis. Deux semaines entre Barcelone et Amsterdam qui m'ont permis de respirer de nouveau. Visiter, danser, m'amuser, découvrir, être libre, pouvoir être ridicule en se disant simplement que toutes ces personnes ne nous reverront plus. J'étais heureux, j'avais économisé de l'argent, la vie était à moi. J'avais même pour projet de repartir en saison quelque temps plus tard. Je pouvais enfin profiter du fruit de mon travail en me faisant plaisir. Malheureusement, l'argent ne m'a pas aidé dans ma consommation. La drogue était là, plus que jamais. Amsterdam was crazy, but peut-être pas pour les bonnes raisons… Je ne passais pas une seule journée sans fumer ou sniffer.

Je le vivais cependant très bien car tout allait pour le mieux à cette période de ma vie, aucun nuage noir ne venait assombrir la lumière qui remplissait mes yeux et mon cœur, mais comme tout le monde sait bien le dire, toutes les bonnes choses ont une fin… La mienne a pris fin au mois de mai 2022.

Fraîchement rentré de mes vacances, j'ai pu retrouver mes parents, dont ma tendre mère qui, elle, ne rayonnait pas autant que son fils. Faible depuis quelques jours, elle est tombée malade le soir même. Envoyée aux urgences, elle prend ce soir-là, un chemin qui la mènera, elle et toute sa famille à de sombres moments. Comment appréhender un ascenseur émotionnel aussi intense ? Comment prendre conscience que le danger se rapproche ? Les nuages noirs se sont installés si vite que je n'ai pas eu la chance de pouvoir jeter un dernier coup d'œil à ce qu'était le bonheur. À partir de ce jour, ma vie tout entière se résumerait à un immense cube noir dont il serait impossible pour moi d'en sortir, à moins d'un miracle.

Malheureusement, aucun miracle à l'horizon. Après des semaines d'hospitalisation pour une pancréatite, ma mère apprenait qu'elle était atteinte d'un cancer du pancréas. Ayant commencé avec une simple et douloureuse inflammation du pancréas, elle doit maintenant entrer dans l'arène face à un adversaire redoutable qui ne lui laissera aucune chance.

Nous savons, tous, ce que représente le cancer et ce peu importe lequel. Les douleurs, la fatigue, la chimiothérapie, les pertes de cheveux, l'impact psychologique. Cette maladie n'atteint pas que le propre corps du malade. Elle impose une peur et une douleur à ce dernier, mais également à tout son entourage. La peur de perdre la personne que nous aimons, la tristesse et la douleur d'imaginer les souffrances qu'elle endure. Quand je ferme les yeux et que je tente d'imaginer : à quoi ressemble-t-il ?

Qui est le cancer ? Probablement une silhouette squelettique se fondant dans les recoins sombres et n'ayant comme seul objectif de vous détruire.

Un combat s'engage donc pour ma mère. Déjà très affaiblie, elle luttera pendant trois petits mois. Trois mois de douleurs, d'hospitalisation et de mauvaises nouvelles qui s'enchaînent. Il faut savoir que le cancer du pancréas est l'un des plus complexes et dangereux. La tumeur de ma mère était très grosse, trop pour envisager une opération. Nous y étions, nous savions tous que sans opération, ma mère ne pourrait survivre et que la chimiothérapie ne pourrait que ralentir le processus.

Il n'aura fallu que quelques mois à la maladie pour avoir raison de ma douce et tendre mère, Isabelle Ognard, décédée le 23 août 2022 d'un cancer du pancréas bien trop vif et féroce.

J'ai encore aujourd'hui cette impression d'être parti en même temps qu'elle, de n'avoir plus que mon corps sur terre, agissant robotiquement et mécaniquement pendant que nos deux âmes s'enlacent au milieu du ciel. Comme cette impression d'être simplement reparti en saison et que je pourrai la retrouver dans seulement six petits mois.

Il n'est pas simple pour moi de vous parler du deuil correctement, car j'ai moi-même encore quelques lacunes en ce qui concerne la gestion de mes émotions. Je pense aussi que le deuil d'une mère ne peut et ne pourra jamais être comblé.

Je ne serai jamais vraiment fière de mon attitude à cette époque, de mon absence, de mon silence. Je n'ai rien dit, j'ai évolué seul sans vouloir imaginer quoique ce soit, j'étais là, mes mains entrecroisées dans celles de la solitude et de la douleur face à ce mon monde que j'appréhendais à peine. Aujourd'hui, je prends conscience que je n'ai pas été présent quand il en était nécessaire. Je ne pourrai jamais remonter le temps et faire en sorte d'être un fidèle soutien pour les miens.

Je me souviendrai toujours de ce moment. L'appel du petit matin totalement inhabituel, mais qui nous glace le sang à l'idée d'apprendre au bout du fil, une tragédie qui remettra en question notre vie tout entière. Aucune larme n'a eu le courage de s'aventurer sur mes joues ce matin-là. Je me suis levé, j'ai traversé le couloir et me suis assis au bout du lit de mon meilleur ami pour lui annoncer la nouvelle. Cet état presque cosmique restera l'un des événements les plus troublants de ma vie, comme si mon essence s'en était allée, comme si chacune de mes émotions s'était glacée le temps de quelques heures.

Je ne sais si je pourrai dire un jour que je ne souffre plus, que je ne pleure plus son absence, mais je serai pour toujours, certain de me souvenir de son sourire et de son regard.

## Chapitre VI
## Dépression

Ce chapitre sera sûrement le plus compliqué à écrire. Au moment où je rédige ces lignes, mon âme et mon cœur n'ont pas su faire face à l'adversité constante que m'a imposée la vie. Nous sommes en février 2023, le temps est doux, le soleil rayonne de plus en plus, mais je suis malgré tout plongé dans le noir. Cela fait maintenant quatre ans que je dois tenir tête à des adversaires tous plus féroces les uns que les autres. Je n'ai pas su trouver la force de me relever une énième fois et de continuer la course.

Ces derniers mois ont été douloureux quant à ma santé mentale. Dès le mois de septembre, quelques semaines après le décès de ma mère, j'ai commencé à rêver, rêver chaque nuit de la même chose. Des voix, des formes se distinguaient dans ma tête, mais rien de concret. Je voulais savoir ce que ce rêve signifiait, ce qu'il voulait me dire, mais j'ai finalement compris qu'il s'agissait de flashs me ramenant à cette nuit où l'on m'a violé. L'angoisse prend, à cet instant précis, le dessus sur tout le reste et m'empêche de dormir jusqu'à épuisement. M'endormir à huit heures du matin et me réveiller à seize heures était devenu une routine. Sans emploi et sans employeur assez intelligent pour laisser sa chance à un jeune homme motivé et déterminé à aller de l'avant. Déprimé de voir que mon profil n'était pas aussi attrayant que je le pensais, je passais mes journées à fumer des joints, allongé dans mon lit en palettes, au milieu de la chambre d'ados. Le téléphone à la main, les yeux rivés sur les offres d'emploi indeed, sans espoir qu'un jour, quelqu'un m'accorde ma chance.

Pour la toute première fois de ma vie, je me suis sentie totalement vidée, comme si tout ce qui me caractérisait venait d'être brisé. Je n'étais plus qu'un costume, sans personne pour l'animer. Je n'étais plus là, engagé dans une voie que je n'avais encore jamais empruntée. La seule chose qui me rattachait à la vie réelle était l'objectif que je m'étais fixé pour ma mère qui craignait de me laisser trop tôt dans ce monde. Je faisais donc tout pour trouver un emploi dans les domaines qui me plaisaient et dans une ville qui me plaisait. En décembre 2022, c'était chose faite, je signais mon CDI en tant que réceptionniste dans un hôtel du vieux Lille. Une équipe agréable, des horaires corrects, du contact, de la communication, je pouvais m'épanouir tranquillement. J'ai donc ensuite pu emménager dans mon appartement actuel et pouvoir faire en sorte de rassurer ma mère et lui prouver qu'elle n'est pas partie trop tôt pour me donner toutes les cartes, qu'elle avait déjà rempli son contrat depuis longtemps.

Avec toute cette nouvelle vie qui débutait, j'avais rempli mon objectif, mais les démons ne sont jamais loin.

En effet, je me suis rapidement installé dans une routine bien trop néfaste. Vous connaissez tous certainement l'expression qui dit : « métro, boulot, dodo », j'étais devenu la personnification de ces trois mots. Ma consommation de cannabis ne faisait qu'augmenter et je supportais de moins en moins mes journées. Constamment fatigué, déprimé et angoissé. Mais pourquoi ?

Peut-être simplement parce que j'ai préféré me focaliser sur l'objectif qu'avait ma mère pour moi, sans me soucier de ce que je souhaitais vraiment pour aller mieux. J'ai donc continué ma chute, un peu plus chaque jour, sans prendre conscience que la dépression venait subtilement s'installer dans ma vie.

Une première hospitalisation en hôpital psychiatrique pour idée suicidaire me fait comprendre que je ne vais pas aussi bien que je peux le prétendre, que tout ne se conclut finalement pas très bien après le départ de maman. Alors, pendant quelques jours j'essaie d'aller mieux. On me rend visite, on me dit « je t'aime », je reprends confiance, tout en restant fragile. Puis est arrivée, la fameuse frappe finale, le dernier ding, la dernière gifle qui m'a fait prendre la décision la plus douloureuse de ma vie. Ce jour-là, les médecins de l'hôpital m'annonçaient ma séropositivité.

C'est à ce moment précis que je savais, j'étais persuadé qu'il ne me restait qu'une seule solution afin de fuir cet ouragan qui me broyait depuis des mois, ce tourbillon de malheur qui ne cessait de croître. C'était décidé, je voulais partir.

Mon plan était simple, étant entré consciemment et de moi-même en hôpital psychiatrique, j'avais le droit de demander ma sortie, à condition que les médecins donnent leur accord. Il me suffisait de faire semblant, comme j'en avais l'habitude. Pour la toute dernière fois s'offrait à moi l'occasion de jouer la comédie afin d'atteindre mon but. J'ai donc agi comme il le fallait afin d'obtenir mon titre de sortie.

Les portes de l'établissement passées, je n'avais qu'un seul objectif, profiter, dépenser et organiser mon départ comme je le voulais. Mon repas préféré, deux bouteilles de vin blanc, un verre à pied accordé à ma décoration d'intérieur et un peignoir en satin orange. J'allume l'enceinte, je lance la musique en même temps que la machine. Un verre, puis deux, quelques joints, une bouteille. Mes yeux commencent à tourner, mais je garde le rythme, je danse, je pleure, je chante. J'ouvre ensuite le tiroir et en sors les médicaments prescrits par l'hôpital ainsi qu'une boîte de somnifère que j'avais réussi à obtenir auprès de mon médecin. J'en remplis la paume de ma main et n'hésite pas une seconde. J'engloutis la dizaine de cachets et fais couler chacune des pilules avec des gorgées de vin.

J'y étais, je l'avais fait, tout était parfait, je savais à qui je donnerai mon argent restant, les lettres d'adieu n'attendaient qu'à être lues. Mon corps commençait à faiblir, j'avais préféré me coucher sur mon tapis pour éviter toute chute et partir simplement. À ce moment, j'étais figé, les yeux rivés sur mon jeu d'échecs et impuissant face à ce qui était en train de m'arriver. J'aurais pu avoir peur, mais la douceur de la mort que je touchais du bout des doigts me rassurait. Cet état presque céleste n'a malheureusement pas duré puisque qu'il n'a fallu à mon corps, que quelques minutes pour choisir de rejeter ce que je venais de m'infliger. Rampant jusqu'aux toilettes pour vomir, les pompiers me retrouveront inanimé dans ma salle de bain. Ma meilleure amie ayant appelé les pompiers voyant que je ne répondais plus à ses coups de fil. J'ai été sauvée de la fin funeste que j'avais choisi d'écrire.

J'ai pris conscience assez rapidement que cette issue était loin d'être la seule. Arrivé aux urgences et n'ayant plus que les effets de l'alcool et de la beuh, je ne voulais pas rester dans ce lit d'hôpital à attendre qu'un énième médecin vienne me dire que je ne rentrerai pas chez moi ce soir. Alors j'ai eu la merveilleuse idée de fuguer de l'hôpital le soir de ma tentative de suicide, quelques heures seulement après avoir été amené par les secours (je jure que même la police était à ma recherche).

Encore une belle connerie, moi je vous le dis.

Aujourd'hui, je suis un traitement rigoureux à base d'antidépresseur et d'anxiolytique en plus de mon traitement pour le VIH. Je peux vous dire que les alarmes quatre fois par jour sont un peu désagréables… mais pourtant nécessaires à ma guérison. La route sera longue cependant, je pense avoir trouvé la bonne voie. La preuve en est, je suis actuellement en train d'écrire un livre dans lequel je vous raconte tout, sans le moindre filtre.

## Chapitre VII
## Renaissance

*Août 2023*

En pleine relecture de mon livre avant sa publication, je me suis dit qu'un petit bilan pouvait être appréciable.

*Mai 2023*

Les choses ont bien changé depuis le mois de février. J'ai malheureusement passé énormément de temps chez moi ou à faire la fête sans prendre en main mes problèmes ou sans même prendre conscience que j'allais de plus en plus mal. Je me suis construit un rempart, un immense mur ayant comme seul but de cacher au reste du monde ma dépression. Ma consommation de drogue ne fait qu'augmenter et je me conforte dans cette prise abusive qui me permet d'oublier ce qui ne va pas dans ma vie.

Je vivais dans un monde à part, une petite bulle de plaisir hors du temps et de l'espace qui me préservait et qui me protégeait de l'extérieur, mais je ne prenais pas conscience que d'autres problèmes arrivaient au galop. Il a été obligatoire pour moi, de quitter mon emploi après plusieurs mois d'arrêt de travail. Je ne passais pas une seule journée sans cette anxiété constante et sans crise d'angoisse, pour quelqu'un qui travaille dans l'hôtellerie et la relation client, il m'était impossible de travailler dans de bonnes conditions et d'offrir une expérience satisfaisante à la clientèle.

Je me suis donc retrouvé sans revenus, sans possibilité pour moi de payer mon loyer et laissant les dettes s'accumuler. Malgré cette situation critique, je continue de porter des œillères et fais comme si tout allait bien… Sombrant petit à petit.

Le déclic est arrivé à la fin du mois de mai, lors de la Pride de Lille. Je ne pourrai jamais vraiment expliquer ce qu'il s'est passé ce jour-là, si mon état était simplement dû à la fatigue ainsi qu'à l'angoisse accumulée ou si encore une fois, j'avais été victime d'une piqûre au milieu de la foule présente dans le cortège. Malgré tout, je garde seulement en mémoire le regard de mes amis, apeurés et impuissants, face à un individu qu'ils ne connaissaient plus et qu'ils étaient incapables de contrôler. Je me souviens m'être transformé en un monstre débordant de rage et de colère.

Le regard noir, la méchanceté dans chacun de mes mots et mes actes.

Il fallait incontestablement réagir, mais comment ?

Puis, il arrive un temps où notre cerveau se réveille, il prend conscience que quelque chose ne va pas et qu'il est grand temps d'y remédier.

En effet, j'ai pris la décision de partir quelques mois loin de la ville, de la drogue, loin de tout afin de réfléchir sur ce que je souhaitais pour mon avenir.

Le 15 juin 2023, je disais au revoir à Lille pour dire bonjour aux Alpes.

L'été passe et un long processus s'engage. Il n'a pas été simple d'aller mieux, mais au fil des semaines, la vie change, l'envie d'y arriver et la rage de vaincre deviennent des alliés solides face à l'adversité.

Nous sommes à la fin du mois d'août et je pense avoir gagné la bataille. Ma consommation abusive s'estompe, mes idées noires s'effacent et ma joie de vivre revient.

Je me découvre à nouveau, je retrouve mes idées ainsi que ma vision colorée et enthousiaste de la vie que j'avais perdu. Rempli d'ambitions et de détermination, je regarde aujourd'hui vers l'avenir, les yeux pleins de lumière et la tête débordant d'idées.

Le passé douloureux devient nostalgie et le futur incertain me sourit.

Je pense à toi maman, je t'aime.

# Chapitre VIII
# Aurevoir

En résumé, qu'avez-vous retenu de moi ? Je suis Alex Ognard, 22 ans. Non-binaire actuellement dépressif. Une créature, une femme, un homme, peu importe, non ? Celui qui veut toujours avoir raison et qui blague tout le temps. Atteint du VIH, j'ai un compagnon qui m'aime pour qui je suis. Violée, traumatisée. Angoissée à l'idée de sortir ce livre. Je suis celui qui rêve, mais qui ne les rends pas réels. 1 pilule par jour et pour toujours. Je suis celui qui écoute et vous entends, je suis celle qui a peur de l'avenir. Je suis celle qui dit merci à chaque occasion possible. J'aime les orchidées, ma mère les aimait beaucoup elle aussi. Je suis celui qui fait rire, qui dessine votre sourire. Insouciant et inconscient, j'ai souffert. Je suis celui qui dit peut-être trop vite ce qu'il pense. J'ai constamment peur d'être de trop. J'ai parfois envie de mourir, mais ma saison préférée est le printemps. Je fais partie de ces gens qui voudraient que la mode soit unisexe, car j'en ai marre des regards insistants quand je check le prix d'un petit crop top. J'ai de plus en plus de changement d'humeur. Peut-être les médocs ? J'ai des amis qui devraient percevoir un salaire pour tout ce qu'ils font pour moi, je les aime. Je mange environ 1 paquet de dragibus par jour. J'ai un petit ami incroyable. Je rêve de pouvoir un jour, entrer dans la sphère select de la mode, je ne suis pas contre quelques catwalk. Ah oui c'est vrai, je suis homo, j'avais oublié ce détail. Ma famille a perdu son pilier, mais nous sommes prêts à le reconstruire, je les aime eux aussi. Je ne suis pas très bavard sur mes sentiments. Je dors tout le temps en PLS, je me suis prostitué, drogué, donné à qui le voulait. J'ai voyagé, j'ai rencontré. J'ai travaillé dans 6 domaines différents depuis mes 17 ans. J'ai des objectifs, vais-je réussir à les atteindre ? J'ai peur de l'océan, mais je le trouve magnifique, je m'apprête à faire un tour de l'Europe. J'ai peur de quitter tous ceux qui m'épaulent depuis le début, peur d'être seul à nouveau face au monde. Je regarde encore les winx, et alors ? Je mesure 1m90, je préfère ma peau bronzée de l'été plutôt que ma peau pâle de l'hiver. J'adore la pâtisserie (mais juste la manger). Je suis celle qui va toujours avoir envie d'aller aux toilettes au mauvais moment. Je suis solaire, je rayonne et je brillerai plus fort demain.

Et toi, t’es qui ?

## Remerciements

Hugo Vitart, Dominique Ognard, Mathilde Ognard, Marion Ognard, Isabelle Ognard, Théo Delalleau, Delage Julia, Lucie Crignon, Chloé Chambeurlant, Mathieu Van Mullen, Liza Delage, Chloé Thery, Lise-Odile Chapiteau, Isabelle Delalleau, Laurent Delalleau, Maeva Staes, Célia bique, Germinal Braut, Zélie Naye, Anatole Leurette, à toutes ces personnes qui ont pu croiser mon chemin.

Imprimé en Allemagne
Achevé d'imprimer en octobre 2023
Dépôt légal : octobre 2023

Pour

Le Lys Bleu Éditions
40, rue du Louvre
75001 Paris

LE LYS BLEU
ÉDITIONS

www.ingramcontent.com/pod-product-compliance
Lightning Source LLC
Chambersburg PA
CBHW062348010826
49168CB00024B/318